Fatima Sharafeddine

Nina
e o gato

Ilustrações
Vincent Hardy

Tradução
Eliana Bighetti Pinheiro

1ª edição
FTD
São Paulo – 2022

Copyright da edição brasileira © Editora FTD S.A., 2009
Todos os direitos reservados à
EDITORA FTD S.A.
Matriz: Rua Rui Barbosa, 156 – Bela Vista – São Paulo – SP
CEP 01326-010 Tel. (0-XX-11) 3598-6000
Caixa Postal 65149 – CEP da Caixa Postal 01390-970
Internet: http://www.ftd.com.br
E-mail: projetos@ftd.com.br

Nina et le chat
Mijade Publications (Belgium)
© 2008 Vincent Hardy for the illustrations
© 2008 Fatima Sharafeddine and Asala Publications (Lebanon)
for the text
ISBN 978-2-87142-628-8

Diretora editorial	Silmara Sapiense Vespasiano
Editora	Ceciliany Alves
Editora assistente	Eliana Bighetti Pinheiro
Assistente de produção	Lilia Pires
Assistente editorial	Tássia Regiane Silvestre de Oliveira
Preparadora	Elvira Rocha
Revisora	Maria Clara Barcellos Fontanella
Coordenador de produção editorial	Caio Leandro Rios
Editora de arte	Andréia Crema
Diagramação	Valmir da Silva Santos
Gerente de pré-impressão	Reginaldo Soares Damasceno

Fatima Sharafeddine é bacharel em Educação Infantil, mestre em Teoria e Prática da Educação, com foco em Literatura Infantil, e mestre em Literatura Árabe Moderna. Nos últimos três anos, publicou sete livros e traduziu vários outros do inglês para o árabe.

**Dados Internacionais de Catalogação na Publicação
(CIP) (Câmara Brasileira do Livro, SP, Brasil)**

Sharafeddine, Fatima
 Nina e o gato / Fatima Sharafeddine; ilustrações Vincent Hardy; tradução Eliana Bighetti Pinheiro. – 1. ed. – São Paulo : FTD, 2009.

 Título original: Nina et le chat.
 ISBN 978-85-322-7197-6.
 ISBN 978-2-87142-628-8 (ed. original)

 1. Contos – Literatura infantojuvenil
I. Hardy, Vincent. II. Título.

09-08655 CDD-028.5

Índices para catálogo sistemático:

1. Contos : Literatura infantil 028.5
2. Contos : Literatura infantojuvenil 028.5

A - 735.212/22

Para todas as babás.
F. S.

Para Théophile e Ladislas.
V. H.

Mamãe e Papai Elefante estão muito orgulhosos de sua pequena Nina: ela pode ser ainda um bebê, mas já está aprendendo muitas coisas!

Onde quer que ela esteja, espalha felicidade e fascina a todos com o esforço que faz para agir como os adultos.

Mas hoje há um problema.
Mamãe e Papai Elefante precisam voltar ao trabalho na floresta.
– Mas quem vai tomar conta da pequena Nina durante o dia? – perguntou Mamãe.
– Ela é muito novinha para nos acompanhar no trabalho! – disse Papai.
Um gato que passava por ali disse:

– Olá, meu nome é Lino. Se vocês me derem um pouco de leite todos os dias, eu cuidarei da pequena Nina enquanto vocês estiverem fora.
– Essa é uma solução excelente! – disse Mamãe.
– Que ideia brilhante! – acrescentou Papai.

Despreocupados, Mamãe e Papai Elefante saíram para o trabalho. Nina e Lino ficaram sozinhos. O que eles vão fazer para passar o tempo?

– Eu tenho uma
ideia – disse o gato. – Vou te ensinar
tudo que sei.

Nina estava muito animada.
Ela mal podia esperar para
começar suas aventuras com Lino.

Todos os dias, Nina aprendia novos truques:
subir em árvores...
espantar passarinhos...
pular sobre animaizinhos...
Nina estava se divertindo muito com tudo aquilo.

Todas as noites, quando Mamãe e Papai voltavam para casa, eles encontravam a filha muito feliz.

– Veja como eles estão se divertindo! – disse Papai Elefante.
– É adorável! – completou Mamãe.

Então, um dia,
Mamãe e Nina foram convidadas
para a festa de aniversário de um amigo.

Na festa, todos os elefantes ficaram chocados com o comportamento de Nina. Seus modos não se pareciam com os dos outros elefantes!
– Olhem como ela está se lambendo, parece até que ela é um gato! – disse um dos convidados.

– Oh! Oh! Ela está subindo na árvore! Que horror!
Essa pequenina trouxe desgraça a toda a comunidade de elefantes!

Mamãe Elefante ficou muito envergonhada com o comportamento
de Nina e, ainda mais, com os comentários do velho casal de elefantes:
– Você falhou na educação de sua filha. Ela está agindo como gato – disse um deles.
– Você precisa ser mais rígida com ela e ensinar-lhe maneiras apropriadas para um
elefante! – disse o outro.

Naquela noite, mais tarde, em casa, os pais de Nina ponderaram:
– Será que deixamos Nina com o gato por mais tempo do que deveríamos? – Mamãe Elefante se perguntava.

– Se não fizermos nada a esse respeito logo, ela vai acabar se esquecendo que é um elefante.
Papai Elefante concordou:
– Você está certa. É melhor separar Nina de Lino agora, antes que seja tarde demais.

No dia seguinte, Lino foi convidado a partir.
Nina não entendia o que estava acontecendo.
– Nina, hoje eu vou ficar aqui cuidando de você –
sua mãe explicou-lhe carinhosamente.

No rio, Nina recusou-se a se molhar. Ela estava esperando Lino voltar. Mamãe Elefante a encorajou:
– A água está uma delícia! Tente molhar a perna, minha querida; você vai ver como é refrescante!

Nos dias que se seguiram, Mamãe Elefante tentou ensinar a pequena Nina a se comportar como os outros elefantes, mas ela parecia não ter mais jeito.
– Elefantes não correm, não pulam. Nós caminhamos devagarzinho, levantando uma perna, depois outra, com muita graça. Precisamos nos manter sempre em fila quando viajamos com o grupo.

– Usamos a tromba para quebrar pequenos galhos de árvores, enrolar ordenadamente e comer.

– Hmmmmmmm! Que folhas deliciosas!
Não é divertido comer desse jeito?
Mas Nina não estava interessada em nada disso.
Ela estava muito triste e Mamãe Elefante começou a perder as esperanças.
– Nina não se interessa por mais nada. É de partir o coração – Mamãe queixou-se para o Papai Elefante.
Mas Papai a encorajou:
– Nós não podemos desistir! Ela logo vai se esquecer de tudo o que aprendeu com o gato…

Naquela noite, enquanto a família dormia tranquilamente em casa…

… eles ouviram um barulhinho: era um rato!

– Um rato? Que coisa terrível! – Papai Elefante gritou apavorado. Mamãe Elefante pulou aterrorizada.

Nina ria de Mamãe e de Papai!
Ela não acreditava que uma criatura tão pequenina pudesse assustar seus pais tanto assim.
– Mas não estamos assustados! – disseram os dois. – Nós estamos apenas preocupados com o pobre rato, que pode ser sugado pela nossa tromba enquanto respiramos, é só isso!

Com um salto rápido, Nina pegou o rato, enrolou a tromba ao redor dele e, calmamente, colocou o animalzinho para fora.

Mamãe e Papai ficaram muito felizes
com a coragem e a rapidez da pequena Nina.
Afinal de contas, era útil ter por perto
alguém que sabia lidar com ratos…

Então…
eles mudaram de ideia com relação a Lino.

Quem é
Fatima Sharafeddine

Fatima Sharafeddine nasceu em 1966, em Beirute, Líbano, mas passou os seis primeiros anos de sua infância em Serra Leoa, na África Ocidental. Três anos depois de voltar com a família a viver em seu país natal, teve início a guerra civil libanesa. Nos 15 anos seguintes, mudou de cidade, de casa, de escola, sempre buscando refúgio em áreas mais seguras. Em 1989, obteve seu primeiro bacharelado em Educação Infantil na Lebanese American University. Um ano depois, casou-se e mudou para os Estados Unidos, onde fez mestrado em Teoria e Prática da Educação (1993), com foco em Literatura Infantil, e em Literatura Árabe Moderna (1996), ambos na Ohio State University. Mudou-se para Houston, Texas, em 1996, onde trabalhou, como professora, por muitos anos com crianças de 3 a 6 anos. Posteriormente, lecionou Língua e Cultura Árabe na Rice University. Em 2001, mudou-se, com o marido e as crianças, para Bruxelas, Bélgica. Atualmente, dedica-se integralmente a escrever, em árabe, para crianças de 3 a 6 anos. Nos últimos três anos, escreveu e publicou sete livros e traduziu vários outros do inglês para o árabe.

Quem é
Vincent Hardy

Vincent Hardy nasceu em 1955 em Bujumbura, Burundi. Estudou ilustração na escola secundária, na Bélgica. Começou a desenhar histórias em quadrinhos quando ainda era bem jovem. Sua primeira compilação de tiras cômicas (*Le courseur*) foi publicada em 1981 pelo atual diretor-geral da Mijade, que na época era um jovem editor. Vincent publicou vários livros em quadrinhos pela Vents d'Ouest Publications (França). Trabalhou como pintor durante dez anos antes de voltar a ilustrar livros infantis pela Mijade, em 2005. Vincent mora em Louvain-la-Neuve (Bélgica) e tem dois filhos.

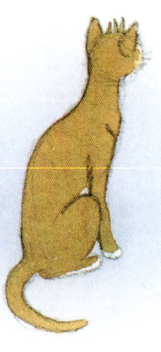

Impressão e Acabamento
Oceano Indústria Gráfica e Editora Ltda
Rua Osasco, 644 - Rod. Anhanguera, Km 33
CEP 07753-040 - Cajamar - SP
CNPJ: 67.795.906/0001-10